한 줄로 된 깨달음

김상백

한 줄로 된 깨달음

운주사

서시

생사가
찌그러진 깡통이다
누군가
멀리
걷어 차
버릴 것 같은

일일시호일日日是好日

김상백金相伯

1부 한 줄로 된 깨달음

2부 잿더미 속에서

3부 때로는 바다도

4부 그리운 성혈사

1부
한 줄로 된 깨달음

세월

가지도 않고 오지도 않는다

내가 없으면

시절인연

아무 때나 먹는 게 아니다

봄 도다리, 여름 민어, 가을 전어, 겨울 광어

한 소식

도자기가 된 진흙

한 점 나를 찾을 수 없다

중생

따라 짖는다

옆집 개가 짖으면

나

걸리면 빠지지 않는 낚시미늘

없는 줄도 모르고 덥석 물었다

인과

찢어진 화선지

머물다가 지나간 붓자리

지금 여기

늘 어딘가에 있는 정거장

천당은 위 유토피아는 앞 지옥은 아래 추억은 뒤에

세대차이

있는 줄도 모른다

내가 없으면 너도 없는데

불교

꿈을 찍는 꿈의 틀 벗어나기

꿈.틀.꿈.틀. 이 마음은 살아 있다

마음공부

없는 법을 보자는 게 아니라 있는 법 바로 보기

왼손이 하는 일 오른손이 모르게 하는

제비

보기 나름

止止背 지지배 보살은 止止背背 지지배배

참새

참을 참이라 하면 가짜 새

거짓을 거짓이라 하면 참새

탄지彈指

깨달았다는 생각이 없다

손가락도 없으니

부처놀음

머리털 한끗

부처와 중생 차이

고물장수

이 세상 직업은 하나

다행이다 리필이 되어서

인가認可

누가 누굴 묶는 개 줄

끝장 난 거기에서

떡고물

아찔하게 떨어지기 바라진 않아

묻기 전에 크게 크게

개소리

귀 밖으로 나간 놈

안 들어오는 놈을 되돌리는 이놈은 누구인가

작은 깨달음

쥐뿔도 개뿔도 아닌 것이

밑도 끝도 없이 잠꼬대 같은 헛소리

한 줄로 된 깨달음

말할 수 없다

하면 깨진다

출생신고

석녀가 낳은 첫째 아들 똥자루라고 쓰고 나왔다

낳은 적도 죽은 적도 없는 놈의 신고식

자재自在

자기 마음대로 하는 것이 아니다

하고 싶어도 하지 않고, 하고 싶지 않아도 한다

아나율 존자

눈 뜨고도 바늘에 실 꿰지 못하시네

그 덕에 님께서도 복 지을 기회 얻으셨네

꽃

너에게로 갈 수 없다

꽃은 꽃을 알 수 없기에

목백일홍

피는 꽃이 더 많아서 백일百日

지는 줄도 모르면서

원수

가깝고도 친한 사람

한 때는 부처도

왕년往年의 구업口業

쓰러진 나무에 달라붙은 씹던 껌

함부로 뱉지 마라

행운과 행복

네가 찾는 네 잎 클로버

내가 밟은 세 잎 클로버

시인도 꽃도 스님도 사랑도

물 켠다

가난해서

등대

자기를 밝히지 않는 무정도인

섬이 있다는 아무런 말도 없이 한 줄기 빛으로도

택배

친구가 반갑다

......

늙은 히피

서른부터
다시 센다
서른부터

알 수 없음을 아는 지혜로운

고두밥

실패한 밥

향기로운 술

죽

실패한 밥

보양식

식초

실패한 술은 더 상하지 않는다

상하지 않게 감싸주는 상큼한 너는 실패를 알기에
진정 달큰한 친구

2부
잿더미 속에서

십팔

십팔이 육삼뿐이냐

그래도 우기는

그 놈

잿더미 속에서

칼 가는 마른 장작
장작개비에 찔려
죽은 놈이 불이다

달마는 달마가 아니다

더벅머리 달마야 맑은 물에 고기 없다
하류에서 잡은 고기 집으로 오는 길에
어깨 맨 족대는 있는 줄도 모르지

벌주

아무도 없는 바닷가
쌀 한 톨 없는
저녁 깡소주
한 물결 한 잔씩

탁濯

죽비로 때려잡은
이근원통耳根圓通
긁적이는 놈
성가신 모기

고요

새벽 네 시 초침 소리
선정일까 얕은 잠일까
노스님 새근거리는 소리

살림살이

천경 만론 고리 궤짝
문 닫는 소리

그 누가 좋아하나
가난한 살림살이

분소의 뒤집어서
덧입는 겨울

파도치는 겨울비에
젖지 않는 빨래

전법

전도자여, 짝짓는 토끼처럼 굴지 마라

뱀 같은 그대는 허공과 짝지어라

입전수수 入廛垂手

무당벌레 한 마리

기어코 꼭대기에

비로자나 정수리

날개 활짝 펴고서

화엄전 중문 거쳐

숲속으로 날아간다

다비茶毘

들춰 보아도
나오지 않았다

식은 잿더미 앞
각자覺者가 사리舍利다

도반들 오래도록
반짝거리시길

암전

가까울수록
가까울수록

불을 꺼야
볼 수 있다

목련 꽃봉오리
열기 전

합장한 두 손
펼치기 전

심지 없는 전구
불 들어온다

석이石耳버섯

한 자리 깔고 앉아 묵히다보면
꽃처럼 피어나는 천 개의 귀

절벽 위 검은 바위 천이통이 열리다

태풍불고 천둥쳐도 들은 바가 없으니
귀로는 보고 눈으로 듣는다

매미소리

문 밖으로 나가보니
흰 눈 아직 녹기 전
어찌하여 선각蟬殼이 무수한가
양력 이월 선각禪覺은 백약百藥 중에 으뜸이다

용트림

역겨운 냄새로
날아오르다

금린 떨어진다
아가리 닥쳐!

제주도

터진 살가죽
피딱지 앉은 바다에

식은 재처럼 안개 낀
멈추어 뭍으로 나가지 않는

그 마음은 살아 있다

인생 1

여기는 낭떠러지야 하고
천국을 누리고 산다

저기도 낭떠러지야 하고
지옥처럼 산다

그냥 낭떠러지구나 하고
낭떠러지에서 죽는다

패인 땅이 바다다

인생 2

팔만대장경
한 글자도 안 되는

일색一色

염전에
비 내리는 날

상현동上峴洞 언덕 위
꼭대기 집 이사 후

신지 않는
짝째기 신발

초승달

바위는 멍이 들고
매발톱이 빠졌다

밤하늘에 걸린
분주할 수 없는 꽃

3부
때로는 바다도

때로는 바다도

아따 태풍불면 나쁘기만 하것소
이란때 태풍 불어주면 참말로 고맙제

울렁울렁 미슥거리고 거시기해서
머근 거 다 토해불랑께

그라면 속을 화악 다 까뒤집지 안컷냐 말임시
이차메 양식짱 미빠닥도 다 뒤지버 쓰러버릴랑께요

고거 참 깨끄테지지 안컷스라
아따 뭐 바다만 그라것소
참말로 증말 잘 생각해 보쇼잉

부석사

옳지
그렇지
날개를 멈춰야지

이젠 제법
바람 탈 줄 아는구나

떴다가
내려앉았다가
그렇지 파도처럼

네 기둥으로 차고 올라
허를 치고
공을 누르는구나

숙진 맞바람
좌우 내려다보며

나를 떠나온 까마득한 절벽

허공이 끌고 온 수평선에
걸린 절

넌 돌이다

줄

1. 종縱

아들아, 딸아

내려갈수록 굵어지고
올라갈수록 가늘어지다가

거기, 줄이 없다

2. 횡橫

촘촘한 그물코
덤블링 한판

재주 부리고 있네

3. 자재自在

가없는 한 올가미

사랑초

작년에 누가 죽었나 부활했나

빈 화분 속에 빈 화분

베란다 구석에서

죽었나

낡은 모자 쓴 채

토분모자에 날아든 초

부활했나

모자를 쓴 초

죽었나

다시 모자 벗는 초

부활했나

지난 해였던가

토분 쌓아놓지 말래니까

번뇌, 즉

짧은 새는 짧은 사자도 빠른 토끼를 쫓을 수 없다

호주 1859 스물네 마리
토끼 1920 백억 마리

사냥토끼 수를 줄이기 위해
여우를 고양이를

독약을 풀고
다이너마이트를 터뜨리고

22종의 생물이 멸종되어도
토끼는 토낀다

토끼는 토끼인 줄 알아
차렷

멈춘 토끼

뛰쳐나온 자리 훤하다

팔백억 사천만 마리 우글대는

호주는 호수처럼 고요하다

빗속을 열다

천형天刑 같은 병病이다
천수天水 빗속
똥 못 누고 쩔쩔 매는

장대비 낯짝에
물컵 쏟아 붓는다

천수관음
천 개 손도
한 손에는 한 가지 일

어지러운 빗줄기
제자리에 떨어진다

너나 나나

화탕지옥이다 온천인 줄 알았는데
몸이 반쯤 익는 동안
두 눈 부릅뜨고 묻는다
이생에서 뭘 그리 잘못했냐고

늙은 부모 챙기랴
자식새끼 먹여 살리느라
마누라 등쌀에
머리털이 홀랑 다 벗겨졌는데

쭈꾸미 전골 뜨거운 냄비 안에서도
고두밥 같은 새끼들 가슴에 품고 죽은 나나
밥상머리 여기저기 튄 밥알 줍듯 어린새끼들
시커먼 아가리 속으로 대가리 밀어 넣는 너나

밤, 벚꽃놀이

그때 그게
마음대로 되냐고

알지도 못하면서
잘 알지도 못하면서

들어가지 말라는데
나이롱 줄 몰래 넘어

윗도리 훌렁 벗고
아랫도리 까재끼고

나불나불 나뒹구는
출입금지 바람아

벗고 놀자 벗고 놀아
너도 벚꽃 나도 벚꽃

밤, 벚꽃 놀자
밤, 벚꽃 놀자

입술 터진 꽃가루
뒤엎어진 양산들

늙은 나무 아래로
풍덩풍덩 빠지면서

이 세상
나 몰라라

오늘
죽어도 좋은 꽃놀이패들

화火

불을 확 싸질러서
홀랑 다 타버리면

그제야 옆집으로
옮겨 붙을 똥 말 똥

미친 듯이 태우면
내 집 먼저 타는 줄

그것도 모르면서 버럭
불같이 화만 내면 다냐

바람이 어디서
부는 줄도 모르면서

아무데나 싸지르는
세상충이 방화범아

불타는 집에나
큰 불 넣어라

*세상충이: 철부지

참새여

작은 혀 위에서 놀지들 말고
재재거리는 그 속으로 들어가라고

홍진을 헤집어 벽락을 쪼고
아침 이슬 노오란 부리를 닦고

여기 폴짝 저기 폴짝 촐랑대지 말고
느긋하게 한 가지에 오래 앉아 있어봐

생강나무가지에 물오르는 소리
버들강아지 눈 뜨는 소리

허공에 편히 누워 두 발을 뻗고
두 팔 벌려 기지개 활짝 켜라고

불러본다
참

새여,

후-여 후어이 후여

그녀의 불법

가래침을 뱉고
얼굴에 오줌을 갈겨도

내동댕이친 찬 땅바닥
구둣발에 밟히고 짓뭉개져도

브래지어가 찢겨나가고
하체가 실종되어도

흙 묻은 운동화자국
구멍마저 난 가슴

그래도
환하다

동안거 해제

여수 봄바다 소식에
백일 깔고 앉은 소백산
엉덩이에 붙은 것도 모른 채
한달음 달려가는 아기 같은 스승님
입적 후 삼아승지겁 지나

새봄이 왔다

갈 수도 없는 나에게
강남 사형 보내 준
봄 산, 봄 바다
월명사 석불 잃어버린 코
젖빛 감도는 도다리쑥국에서 찾았다

도다리쑥국

1.
흰 머리 긴 눈썹 휘날리며
창공으로 뛰어오른 봄도다리
붉게 솟은 아침 해를 삼키고서
끝없는 지평 사막으로 돌아오다

2.
머리 땋은 계집아이
소쿠리 덮은 흰 보자기
옆집 사내 손처럼 살짝 들춘 봄바람
비친 쑥이 부끄러워 아침 이슬 배시시

3.
始末 담은 환한 바다
도다리 쟁기질에 너울지는 봄바다
이 다리 건너오면 코앞이 봄이다
어서 오라, 도다리, 봄의, 도, 다

낙수落穗

무수한 절을 짓고
탑보다 높은 공양 올렸지만

말년엔 포로로 붙잡혀서
굶어 죽은 황제보살

하물며
나한전엔 천원도 아깝다고

뼈다귀 아픈 데는
말오줌 한 사발이 특효

*낙수落穗
①가을걷이 후後에 논밭에 떨어져 있는 곡식穀食의 이삭
②어떤 일의 뒷이야기를 비유(比喩·譬喩)하여 이르는 말

눈사람

동서남북 뭉쳐서
빨주노초 파남보를 굴리네

하늘 옷을 입히고
먹구름은 두 눈썹

황하 슬쩍 끼워 넣어
감기 걸린 코 찔찔이

함박 웃는 입술은
낮달 오려 붙이지

손은 항상 열중 섯
배는 태산만 하게

겨울 한 철 장사로
평생 배가 부르지

봄, 여름, 가을은
똑딱이 단추

세 태양을 달고서
한껏 멋을 부려보자

에베레스트 밀짚모자
삐딱하게 씌워 놓고

오대양에 내준 두 발
물장구 치면

뭉쳐도 뭉쳐도
뭉쳐지지 않는 사람

횡초돈출橫超頓出

반 지하 죽통 속에
열 세 식구 모여 사는 대나무벌레

오늘도 제 속 파먹듯
한 마디씩 갉아 먹는다

무작정 떠나겠다고
밖으로 나와 버린 한 마리

일 년 걸려도 못 오를
대나무 꼭대기로 기어올랐다

푸른 대숲을 둘러본다
까마귀 뱃속이다

물똥 되어
대나무 거름이나 될 일이다

영정

어젯밤 비보라 친
아파트 가로수 길

웃으며 나리는 꽃눈
삼삼한 영화 한 장면

어리버리 여기에 잡아두려고
스마트폰 셔터를 눌러대는데

요 며칠만 해도 벚꽃이 활짝 펴서 보기 좋았는데
떨어지는 것은 찍어서 무얼 하려고,
지나가며 할머니 한 말씀 하신다

여기 보세요
말 알아듣는 꽃
함박 웃으며 실눈 짓는다

맥랑麥浪

보리에 바람 불겠나

저절로 파도 친다 청파도 친다

좌로 우로 아래위로 때론 손사래

자다 깨서 앉았다가

눕다 다시 일어선다

새벽녘 푸른 수염 신선처럼 휘날리며

천 만 방울 일출은 누가 뿌린 씨앗인가

황금종자 물결 따라

푸른 꿈이 익어간다

양구良久

청도 운문사 뜰 앞
비에 지고 바람에 피는

봄 비늘 한 겹
꽃받침 가사 수한

이거, 매화꽃이 맞지요

회랑 걷는 비구니
꽃을 잊은 저 꽃 입

봄의 담벼락에 걸려 있네

나무

돌아가네 돌아가네
나 다시 돌아가네

홀홀 가볍게 비워내고
이제 곧 돌아가려네

발밑에 흐트러진 계절은
어디로 가나

시방 팔방 사방 제대로
뉠 곳이 없어

곧 죽어도 서 있네
죽어도 섰네

살아도 제자리
죽어서도 제자리

나무 나무 나무
돌고 또 돌아 갈

아무런 말도 없이
그 자리에서

손가락 하나 치켜들고
그냥 서서 죽었네

마음 꼴

같이 사는 부부
닮아간다는데

절 닮은 꽃이 피고
꽃 닮은 물이 흐른다

물 닮은 바람이 불면
풍경소리 절 닮아간다

향내음 산 닮아 그윽하고
촛불은 달님 닮아 환한데

밝은 달은 누굴 닮아
저리도 둥그런가

견춘見春

처녀 찾는
강남 홀아비

아무도 모르게
첫날밤을 치렀나

뜰 앞에 처녀 어디로 가고
봄만 남은 매화나무

벗과 꽃

벚꽃 필 때 만난 사람
벚꽃 질 때 헤어지네

무심한 사람아
그 마음 담았으니

피고 지는 이별을
꽃은 아주 잊었노라

대작對酌

낮달 기운 잔

주거니 받거니

태양도 불콰한

염증

뿌리 없는 자리
새살 돋는다

진저리
넌덜머리

너무
오래 있었다

4부
그리운 성혈사

시작詩作

눈 잃은 아비 따라
귀동냥을 나선다

더듬이의 가을
어눌한 말씀을 받아 적다

설안雪眼

1.
눈 내리지 않았고
하여 당신도 오지 않았다
매서운 추위 탓인가
두꺼운 얼음장에도 금이 간다
꾹
꾹
마음바닥을 찍을 때마다
장대 휘청인다
조각얼음을 타고 건너가는
발 시린 자정

2.
익어가는 꽁치의 雪眼
하얀 접시에 꼬리지느러미
그리고 또 머리
삐죽이 내민다

끝으로 밀려가면
저처럼 발과 머리
허공에 내놓고 살아야 하나
곽시쌍부
달이 진 눈 속
어둠이 깊다

그리운 성혈사

원 안에 들어가도 죽고 나와도 죽는데 어떡하면 살
수 있겠느냐

삭정이 하나 주워 큰 원을 그리면서 하시던 물음. 언
젠가 다시 들러리라 생각했지만 먼 길이라 마음에
담고 살았습니다 처음 무심코 찾아가던 산길은 풀섶
만큼 어렴풋했지만 산사의 불빛은 법문 총총한 별밭
이었습니다 연못에 발이 빠진 다정은 아직 차 향기
그득한가요 차 시봉을 들려고 곱디곱게 머리 빗던
처녀 버드나무도 저처럼 이젠 두 아이의 부모가 되
었겠지요 산신각 잿빛 기와를 닮아가는 희끗한 새치
몇 가닥이 소백산 계곡물을 길게 길게 흘려보냈군요

토굴 같던 보살님 두꺼비 같던 상좌승 마을 아래로
하냥 구름을 띄워 보내던 행자스님 봉철 큰스님 보
고 싶습니다 비 오는 날이면 동당과 서당 고시생들
불러 모아 날궂이 윷을 놀고 해맑은 다음 날 늙은 호

박만 한 가슴을 한복에 감추고 올라온 서울 보살이 놓고 간 수박, 씨 뱉듯 던지신 화두는 유언처럼 남아 시창이라 지어주신 법명, 마음에 큰 구멍을 뚫고 작은 암자 성혈사 한 채 지으라는 뜻 이제사 알았습니다

달콤한 수박이 수박 맛에 있더냐 입맛에 있더냐

자꾸 성혈사가 그리운 까닭입니다

법문

그런 놈은 죽여도 죄가 안 된다는
소백산 선사의 말씀

산 아래 마을까지 배웅 오셔서
몇 차례 헛발질로 장딴지 걷어차고

유모차 탄 아기보고 예쁘다하고
사진 찍는 신랑신부 아름답다 하시네

군수가 찾아왔다는 전갈에 남기신 말씀
사는 것은 다 쇼다

연극하러 가신다며
지프차 시동 걸고 휙 하니 가버리셨네

얼떨결에 합장하고 고개 들어 보니
어라? 법문 다 마치셨네!

서해

저무는 바다

반달 걸리면

떨어지는 단두대

자비의 칼날

온몸으로 물고

우우우-

번지는 속죄의 노을

사마귀

누군가 큰 불 질러 놓았다

사리 몇 가마 쏟아지는 가을 저녁

바람이 소리와 헤어진 자리

가시 박힌 두 손 침묵을 들고 섰다

가벼운 장례

선풍기
저 홀로 돈다
연옥에서 부는 바람

울먹이던 세간들
비닐 수의를 마련했다

활짝 핀 꽃불 속
놀러나 갈까

가벼운 외짝 날개
나비를 타고

뒤바뀐 자전축
거꾸로 돈다

고향

나는 고향이 없다 라고 말할 뻔했다
한가위 텅 빈 서울 누군가 나에게 묻는다면

걸핏하면 이 도시 떠나야겠다고
혼잣말 할 때마다

조용한 산사라면 누군들 못 닦겠어
여기에서 흔들리지 않는 것이 진짜 평상심이지,
맞받아치는 소리

가끔은 고향이 어디냐고 스스로 묻는데
나는 고향이 없다고 말할 뻔했다

출애굽하는 모세처럼 보따리
바리바리 싣고서 이 도시를 떠나가지만

푸른 비 내리는 바닷가에서

우산 없이 비를 맞는 빨간 등대와
끝없이 달려가고픈 방파제는 없지만

비오는 날 포개진 입술처럼 창문 활짝 열면
자동차 지나가는 소리 아스팔트 바다에는
쏴아아- 쏴아아- 파도가 친다

보도블럭 틈으로 강아지풀 꼬리 치며
맨홀 뚜껑 닫혀 있는 추억 있다고
빗물 고인 웅덩이 맨발로 찰방거리는데

낙하하는 비 물의 풀꽃 밟고서
까르르 웃어대는 시골스런 아이들
고향이 어디냐고 묻는다면

어떤 결의

몽마르뜨 공원 정자 그늘 아래
비둘기 한 마리 발가락이 없다

불교TV 석성우 회장스님과 악수하는데
오래된 신문기사 안중근 의사 왼손에도

무명지 환하게 삼킨 달빛
불 켜진 도시

손가락은 없고
결의만 환하다

달도 빛도 잊은 밤
빈 잔이 운다

취독醉讀

취한 시
읽는다

적의를
버리고 한 줄 읽고

부끄럼
버리고 또 한 줄 읽고

흔들리는
행간 벗어버리고

손댈 수 없는
문장에 놀라버린

아이들이 무릎에서
기어 나오고

호두와 화두 사이

너무 긴장했나 봐요 돌아보지 말아요 나눌 수 있을까요
딱딱한 건 싫어 잊을 수가 없어요 입속에 차돌을 물었나요
호두가 화두에요 그건 상처인가요 세월인가요 때론 이해할
수 없는 것들 놓아버려도 남은 것들 다 쓸어버렸다는 생각
없는 알맹이가 꽉 들어차면

자, 이제 망치를 주세요

산책

저녁은 어둠을 길들이고
순한 개 한 마리 끌고 나온다

식욕이 왕성한 저 개
제 그림자 먹어 치우고

늙고 검어진 젖꼭지
늘어진 배를 깔고 맨 땅에 누우면

공원에는 두 마리 개에게 끌려가는
츄리닝 바람에 마른 여자 뒷모습

달을 쓰다듬는 허리 굵은 느티나무
개 세 마리 끌고서 은하로 간다

가을, 홍매

피를 마셔야지
미치도록 가려운 자리

한 방울로도
그저 감사한 밤

통통하게 살이 올라
가을 달은 더욱 밝아오고

버러지 목숨으로
철사 같은 뿌리 내리면

붉은 매화
꽃눈 틔울 때마다

뜨뜻한 피 눈물처럼
벽을 타고 흐르네

불타는 낙엽으로도
태울 수 없는 홍매여

왼팔을 자르니
꽃비 쏟아지는구나

죽어서 피어나는
모든 꽃들아

어떤 살육殺戮 딛고
향기 진하게 홍건할 건가

뚜껑이 열리면

1.
늙은 시인 보세요
시가 쉬워지는 건
일상이 그립다는 건지요
삶이 단순해진다는 건지요

밥 먹고 똥 싸고 코 푸는 것까지
시시콜콜 다 쓰는 시시한 시

시들시들한 시 새벽 물건처럼
빳빳하게 저절로 고개 쳐들면

2.
금붕어 상어처럼
등지느러미 물 밖으로 헤엄 치네요
별걸 다 따라하는 세상

상어나 한 마리 키워야할까요

인면어 닮아가네요
십년도 넘게 끊은 담배
빠끔빠끔 다시 피고 싶은 날

3.
불길한 날이죠
액막이를 한대요
잘 기른 금붕어 한 마리

물 밖에서 자랑삼아 한 말이에요
삼십 년도 넘게 절에 다닌 노보살
멱살을 움켜잡아 던져버리고 싶네요

마침 오늘

수족관 청소하는 날이에요

지붕도 없는 집이네요

깨지면 깨닫는

세상의 골목 끝
접시는 나갈 수 없다

설거지 물기 마르기도 전
손아귀 벗어난 비행접시

안드로메다 모서리에 부딪혀
홀린 듯 나도 모르게

박살났다 가볍게
아주 가볍게

앞의 뒤 뒤의 앞
포개 찍은 간인처럼

깨지면 드러나는
퍼덕거리는 미로를 좇다

기일

오늘은 할아버지 기독교식 제사
현관에 문을 조금 열어 놓았다

그거 다 마음으로만 지내면 되는 거지
미신이라며 교회 다니는 누이가 핀잔을 한다

누이야,
저 문이 내 마음이야

문이 다 열렸다

비승비속非僧非俗

승도 아니고 속도 아니다,는 말
얼치기 스님이나 죽도 밥도 아니다,는 뜻이 아니라

승에 가면 승려로 살고
속에 가면 속인으로 살아라

걸림 없이 자재하게 살아라
라는 말씀 아닐는지요

누구의 근심

비구니 스님 아침 전화
무슨 걱정 있냐고
꿈속에서 아이 안은 나를 봤다며

꿈꾸지 않는다
잠들지 않으니
깨어 있지도 않다 라고요

조주의 외나무다리

잎에 나비
꽃에 원숭이
아니에요

한라산을 밧줄로 꽁꽁 묶어서
어깨에 짊어지고 건널지라도
휘지도 부러지지도 않는 외나무다리

건너가는 도중에
건너오는 사람도
동시에 건널 수가 있어요

이 험한 세상 누굴 믿겠어요
사이먼 앤 가펑클
노래 같이 불러요

풍장

손톱에 바늘로 새긴 글씨

허공 뼈로 옮겨서 한 글자로 새기면

씻겨지고 지워질까

스치는 생각조차

푸른 바람 타고 날아가는

거대한 우주창고

한 마리 새는 어디로 가나

안개 헤치며 오는 새는 알겠지

폭풍우 속에서 들려오는 말

광포한 바람 무풍 속에서도

오랜 침묵을 깨고 고요하라

부서지지 않는 말은 보이지 않는다

휴식

잔잔한 냇가로
나를 인도할지라도

한적한 숲속
새소리마저 끊어져도

번잡한 생각과 괴로움
사그라지지 않네

아무도 찾을 수 없는
신들이 숨어사는 곳

신들도 찾을 수 없는
더욱 깊숙한 곳

마음에서
무심으로 떠나자

괄호는 칸이다

1.

괄호 안에 대장내시경을 넣으시오
꽉 낀 청바지 같은 삶으로 들어가는 중
관절이 휘어지며 더듬거리는 검은 손
불안이 책갈피 깊숙이 꽂혀 있다

2.

빈 칸에 알맞은 혀를 대시오
행주좌와 어묵동정 펄떡거리는 혀의 즙
깍뚝썰기 나박썰기 어슷썰기 채썰기
시간에 썰린 두툼한 우설 한 접시

3.

내다보면 깜깜하지만 앞엔 환한 어둠
무문관 밖 빈 칸에 열쇠 괄호 안 자물쇠
백지를 내고 안으로 나가는 발걸음
거울이 거울을 보고 있다

수평선

끝에 서 본 사람들은
알지 바다야

밀려 밀려
떠밀려서 바다야

너를 찾아와
오래도록 머물다가 바다야

수평선을 바라보다가
바다야

마지막 바다
바다야

친절한 금자씨

개구리 뒷다리 스프링 달아주기

왜가리 목구멍 긴 빨대 꽂아주기

두더지 주둥이 불도저 바꿔주기

물고기 지느러미 터보엔진 달아주기

살모사 탱크 궤도 달아주기

닭 날개 헬리콥터 붙여주기

가재 손 포크레인 달아주기

메기 수염 안테나 붙여주기

너나 잘 하세요

천도遷度

에이, 태를 버려야지
다시는 태에 들지 말자고

초신성 잔해
죽은 별들이
유령처럼 떠도는
나선은하

죽어서도 갈 수 없는
살아서도 갈 수 없는
더 이상 갈 곳이 없는

소옥이

유명하신 분 마주한 술좌석
일간 한 번 찾아뵙겠다고

동석한 사람들이 대신 답을 한다
만나기 어려운 무척 바쁘신 분이에요

이가 시린 애꿎은 천장
구석만 쳐다보고

전삼삼前三三 후삼삼後三三

양 손으로 꼽아보아도
전무후무한 말이다

몸 돌려 반야사 지을는지
기약도 없건만

헤아리기도 전
금강굴 목탁소리 울려 퍼지는 것은

지렁이까지 합해야
앞뒤로 삼삼이다

다리

다리가 굴러 간다 둥글게 둥근 다리 잘 굴러 간다 다
리가 다리를 버리고 튼튼한 다리 건너서 간다 다리
는 다리를 넘어가고 넘어가는 다리는 넘을 수 없는
다리 위에서 다리 굴러간다고 웃는 다리 다리라고
말하면 다리는 움직이지 않고 사라진 다리는 다시
잘 굴러 간다 거리가 멀수록 다리는 떨어져 나가고
사라진 다리 가장자리가 둥글다 무엇이든 둥글게 굴
리면 다시 다리가 생겨난다 늙고 연약한 것들을 실
어 나르는 동안 다리는 다리품에 안겨서 차가운 벽
에 기댄 채 잠들어 있다 둥근 다리 서로 포갠 밤하늘
둥근 다리 펼친다

詩作의 辨

언젠가 '말로써 법을 펼쳐 보이는 승은 낮은 수준의
선승이다'고 하신 스승님 말씀이 생각난다. 하물며
스님도 아닌 나는, 게다가 글까지 쓴다. 사실 난 삼류
도 아니다. 버젓한 국문학도도 아니고 불교학과 출
신도 아니다. 등단한 지 얼마 되지 않은 병아리 시인
이라서 제대로 된 시집 한 권도 없다. 누구를 가르칠
만한 말재주가 있는 것도 아니고 학식이 탁월해서
강의를 나가는 것도 아니며 더욱이 큰 깨달음을 얻
은 사람도 아니다.

요즘 서울을 떠나 이사 온 덕에 서당에 다닌다. 마침
동양화 강좌를 무료로 한다기에 제일 못하는 과목이
미술이라서 도전해 보기로 했다. 책이나 읽고 빈둥
거리며 시 짓기를 좋아하고 제일 못하는 미술공부에
죽竹이나 치고 지내는 한가한 나날이다.

선시 읽기를 즐겨하다 보니 나의 시도 자꾸 짧아져

서 큰일이다. 『문예바다』 신인상 심사평에서도 '다이어트도 지나치면 영양실조에 걸리듯, 선시풍에 돛을 너무 높이 올리는 건 경계하라'는 심사위원의 조언이 생각난다. 이번 책제목이 그렇듯이 '한 줄로 된 깨달음'을 엮어보겠다고 시작했지만 마냥 부끄럽기만 하다. 그러나 정작 다이어트가 심하여 피골이 상접해 한 줄조차 되지 않는 시를 쓰고 읊조릴 수만 있다면, 아니 채 쓰기도 전에 감동의 물결 넘쳐나는 시로 산다면 한 줄 안 쓰고도 대만족이다.

글을 쓰고도 지면을 얻지 못해 전전긍긍하는 나에게 언제나 따스한 격려와 배려로 책으로까지 빛을 보게 해 주시는 도서출판 운주사 김시열 사장님과 식구들에게 감사의 말씀을 올린다. 마지막으로 이 자리까지 끌어 주신 나의 스승 봉철 선사께 이 시집을 흠향하나이다!

상현재에서
벽락시창 삼가 씀

김상백

1961년 서울에서 태어나고 자랐다. 중앙대학교를 졸업하였다. 대학교 1학년 때 경북 풍기에 있는 성혈사의 봉철 스님과 인연을 맺고 시창是窓이라는 불명을 받았다. 2011년 스님이 입적하실 때까지 가르침을 받았다.

2014년 계간 『문예바다』 신인상을 수상하여 시인으로 등단했고, 지은 책으로 『행복을 좇아가지 마라』, 『극락도 불태워 버려라』, 『법성게 강해』, 『은그릇에 흰 눈을 담다』가 있다.

email: rntkorea@hanmail.net

한 줄로 된 깨달음

초판 1쇄 인쇄 2015년 7월 8일 | 초판 1쇄 발행 2015년 7월 15일
지은이 김상백 | 펴낸이 김시열
펴낸곳 도서출판 운주사

(136-034) 서울 성북구 동소문로 67-1 성심빌딩 3층
전화 (02) 926-8361 | 팩스 0505-115-8361
ISBN 978-89-5746-430-4 03810   값 10,000원
http://cafe.daum.net/unjubooks 〈다음카페: 도서출판 운주사〉